SEP 2 2 2017

FOX RIVER VALLEY PLD

3 1783 00532 5331

W9-AYN-676

Fox River Valley PLD
555 Barrington Ave., Dundee, IL 60118
www.frvpld.info
Renew online or call 847-590-8706

ALFAGUARA^{MR}

INFANTIL

YO GRANDE, TÚ PEQUEÑO
Título original: *Ich groß du klein*

D.R. © del texto y las ilustraciones: Verlagshaus Jacoby & Stuart Gmbh,
     Berlin, Germany, 2014
D.R. © de la traducción: Editorial Santillana, S.A. de C.V., 2014

D.R. © de esta edición:
Editorial Santillana, S.A. de C.V., 2014
Av. Río Mixcoac 274, Col. Acacias
03240, México, D.F.

Alfaguara Infantil es un sello editorial licenciado a favor
de Editorial Santillana, S.A. de C.V.
Éstas son sus sedes:

Argentina, Bolivia, Chile, Colombia, Costa Rica, Ecuador, El Salvador,
España, Estados Unidos, Guatemala, México, Panamá, Paraguay, Perú,
Puerto Rico, República Dominicana, Uruguay y Venezuela.

Primera edición: octubre de 2014

ISBN: 978-607-01-2411-2

Impreso en México

Reservados todos los derechos conforme a la ley. El contenido y los diseños íntegros de este libro se
encuentran protegidos por las Leyes de Propiedad Intelectual. La adquisición de esta obra autoriza
únicamente su uso de forma particular y con carácter doméstico. Queda prohibida su reproducción,
transformación, distribución, y/o transmisión, ya sea de forma total o parcial, a través de cualquier
forma y/o cualquier medio conocido o por conocer, con fines distintos al autorizado.

SANTILLANA

Lilli L'Arronge

yo grande,
tú pequeño

Fox River Valley PLD
555 Barrington Ave., Dundee, IL 60118
www.frvpld.info
Renew online or call 847-590-8706

ALFAGUARA
INFANTIL

yo grande

tú pequeño

yo vaca

tú puerquito

yo disparo

tú tiro

yo beso

tú besito

yo pelota   tú canica

yo broma   tú chiste

yo salchichón   tú salchicha

yo bocota   tú boquita

yo chorro   tú gotitas

yo taza   tú nica

tú arriba   yo abajo

tú gritos · · · · · · · · · yo jadeos

yo cuesta   tú cima

yo cansado   tú despierto

yo padre   tú padrísimo

yo charco   tú encharcado

yo espuma   tú espumita

yo sueño   tú soñador

yo atrás   tú delante.

tú burla   yo chichón

yo empapado   tú seco

tú bota   yo calcetín

tú alaridos   yo murmullos

yo rayo   tú sol

yo pescado   tú pescadito

yo silla   tú banco

yo rosal   tú botón

yo calzón   tú calzoncito

yo trabajo   tú descanso

tú llanto   yo gritos

tú: ¡SÍ!   yo: ¡NO!

tú moneda   yo billete.

yo listo

tú brillante

tú: auch   yo: auch

tú rasguño   yo curita

tú auto

yo camión

tú grande   yo pequeño

tú mío   yo tuyo

y en las noches yo te arrullo

 Esta obra se terminó de imprimir el mes de octubre del año 2014
en los talleres de: DIVERSIDAD GRAFICA S.A. DE C.V,
Privada de Av. 11 # 4-5, Col. El Vergel, Del. Iztapalapa, C.P. 09880,
México, D.F. 5426-6386, 2596-8637.

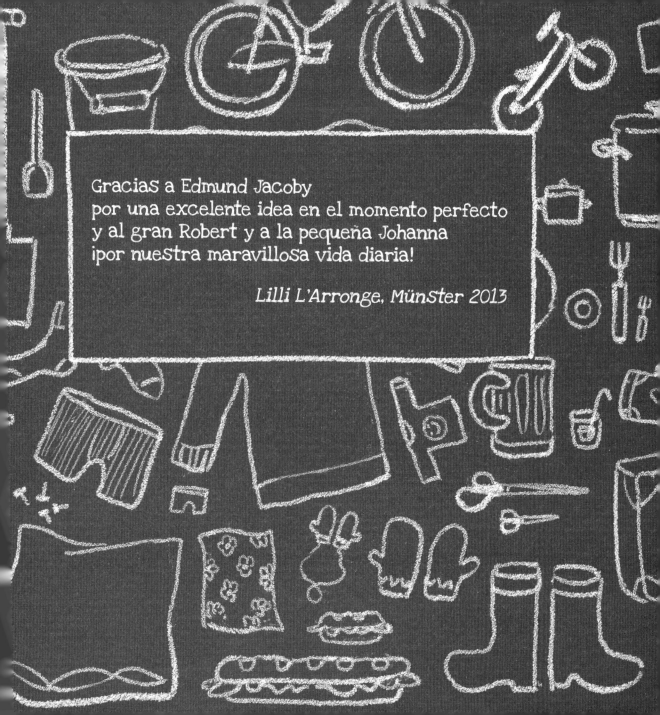

Gracias a Edmund Jacoby
por una excelente idea en el momento perfecto
y al gran Robert y a la pequeña Johanna
¡por nuestra maravillosa vida diaria!

Lilli L'Arronge, Münster 2013